MARAVILLAS ASOMBROSAS

LA GRAN MURALLA CHINA

POR MATT LILLEY

CREATIVE EDUCATION • CREATIVE PAPERBACKS

Publicado por Creative Education y Creative Paperbacks
P.O. Box 227, Mankato, Minnesota 56002
Creative Education y Creative Paperbacks
son marcas editoriales de Creative Company
www.thecreativecompany.us

Diseño de The Design Lab
Dirección de arte de Graham Morgan
Editado de Jill Kalz
Traducción de TRAVOD, www.travod.com

Fotografías de Getty (Andrew Benton/Construction Photography/Avalon), Pexels (Alex Qian, Markus Winkler, Ridzuan Ibrahim, TonyNojmanSK), Unsplash (Joel Danielson, Max van den Oetelaar, Rafik Wahba, Robert Nyman, Usukhbayar Gankhuyag, Vincent Guth), Wikimedia Commons

Cataloging-in-Publication data is available from the Library of Congress.
Library Binding ISBN: 9798889891093
Paperback ISBN: 9781682775325
eBook ISBN: 9798889891390

Impreso en China

Índice

La Gran Muralla

mide más de 5000 millas (8047 kilómetros) de largo. Se extiende a través del norte de China. Sin embargo, no es un solo muro. Está formado por muchas partes.

El apodo de la muralla es "dragón dormido" por su larga forma de serpiente.

Hace mucho tiempo, los soldados enviaban señales desde las altas torres con banderas, humo y fuego.

La Gran Muralla se extiende mayormente de este a oeste. Divide la tierra **fértil** en el sur de los pastizales secos en el norte. Un extremo se encuentra en el mar de Bohai. El otro está en el desierto de Gobi.

fértil capaz de hacer crecer muchas plantas

El emperador Qin gobernó hasta 210 a. C., cuando murió a los 49 años.

La Gran Muralla

comenzó con unas **secciones**. Se construyeron entre los años 600 y 300 a. C.. El primer líder de China, el emperador Qin Shi Huang, hizo que conectaran estas secciones alrededor del año 215 a. C. La mayor parte de este primer muro ya no existe.

secciones partes de un todo

姓嬴名政始自始皇乙卯即王位庚辰併天下稱皇帝
在位三十七年居王位二十五年即帝位十二年壽五十

En el norte de China hace mucho frío y suele nevar en invierno.

La muralla tenía la intención de **unificar** al pueblo chino. También tenía el objetivo de mantenerlos a salvo. Los **nómadas** solían atacar desde el norte. En el siglo XIII, Gengis Khan y sus guerreros mongoles lograron cruzar la muralla. Se apoderaron del país.

nómadas gente que viaja de un lugar a otro; vagabundos

unificar unir

Los mongoles

gobernaron China durante más de 100 años. Luego, en 1368, la dinastía Ming (1368–1644) los volvió a expulsar. Pero era probable que volvieran a atacar. Entonces los Ming agrandaron la muralla más que nunca.

El imperio mongol de Gengis Khan se extendía desde el Océano Pacífico hasta Europa.

Gran parte de la Gran Muralla se construyó con ladrillos y tierra. Los trabajadores colocaban los ladrillos en dos filas. Llenaban el espacio entre las filas con tierra. Luego, presionaban la tierra para compactarla, haciéndola dura y fuerte.

Su sólida construcción ha mantenido la muralla en pie durante cientos de años.

Construir en la cima de colinas y montañas empinadas era un trabajo peligroso.

La muralla está construida con millones de ladrillos. Los trabajadores colocaron los ladrillos a mano. Usaron **argamasa** para mantenerlos en su lugar. Los trabajadores solían agregar arroz pegajoso a la argamasa para hacerla más fuerte.

argamasa un pegamento que mantiene unidas las unidades de construcción

Palacio de la dinastía Ming

La Gran Muralla

es la estructura más extensa construida por personas. Nadie sabe exactamente cuánto mide. Algunas partes se están cayendo. Otras han desaparecido. La mayor parte de la muralla que se puede ver actualmente se construyó durante la dinastía Ming.

Gran parte de la Gran Muralla era, además, un camino.

Los primeros gobernantes de China construyeron la Gran Muralla para evitar que otras personas entraran. Actualmente, la muralla atrae a las personas a China. Cada año, millones de visitantes pasan a ver la muralla. Para muchos, es una celebración de la historia y la cultura chinas.

Muchos lugareños visitan la muralla durante las festividades chinas.

Maravilla destacada: dragón que bebe

El Paso Shanhai es la sección más oriental de la Gran Muralla. Se construyó durante la dinastía Ming. Parte de este paso llega al mar de Bohai. Esta parte se conoce como la "Cabeza del Dragón Viejo". ¡Parece la cabeza y el hocico largo de un dragón que está tomando agua! Además, la cabeza es una torre de vigilancia.

Índice alfabético